WEST VANCOUVER MEMORIAL LIBRARY

Lilalicieux

ROSE

Withdrawn from Collection

Withdrawn from Collection

P9-AGK-257

WEST VANCOUVER MEMORIAL LIBRARY

Copyright © Elizabeth Kann et Victoria Kann, 2007, pour le texte.

Copyright © Victoria Kann 2007, pour les illustrations.

Copyright © Éditions Scholastic, 2010, pour le texte français.

Tous droits réservés.

Il est interdit de reproduire, d'enregistrer ou de diffuser, en tout ou en partie, le présent ouvrage par quelque procédé que ce soit, électronique, mécanique, photographique, sonore, magnétique ou autre, sans avoir obtenu au préalable l'autorisation écrite de l'éditeur. Pour toute information concernant les droits, s'adresser à HarperCollins Publishers, 1350 Avenue of the Americas, New York, NY 10019, É.-U.

Édition publiée par les Éditions Scholastic, 604, rue King Ouest, Toronto (Ontario) M5V 1E1, avec la permission de HarperCollins Publishers.

5 4 3 2 1   Imprimé au Canada 119   10 11 12 13 14

Conception graphique de la couverture et typographie de Stephanie Bart-Horvath

Catalogage avant publication de Bibliothèque et Archives Canada

Kann, Victoria

Lilalicieux / Victoria et Elizabeth Kann ; illustrations de Victoria Kann ; texte français d'Hélène Pilotto.

Traduction de: Purplicious. Pour les 3-8 ans.

ISBN 978-1-4431-0126-4

I. Kann, Elizabeth II. Pilotto, Hélène III. Titre.

PZ23.K36Li 2010   j813'.6   C2009-906077-9

Sources Mixtes
Groupe de produits issu de forêts bien gérées et d'autres sources contrôlées.
www.fsc.org Cert no. SGS-COC-003098
© 1996 Forest Stewardship Council
FSC

À Samantha
~E.K.

À Maria
~V.K.

Lilalicieux

ROSE

Texte de
Victoria Kann et
Elizabeth Kann

Illustrations de
Victoria Kann

Texte français d'Hélène Pilotto

Éditions
SCHOLASTIC

C'est le cours d'arts plastiques. Je peins un tableau.

— Qu'est-ce que tu peins? me demande
Sandrine.

— Un coucher de soleil, dis-je.

— Ouache! C'est tellement mooooooche!
Rosélicieuse, pourquoi mets-tu toujours du rose
dans tes tableaux? me demande Sarah.

— Parce que le rose est ma couleur
préférée, dis-je.
— Tu ne sais donc pas que le rose est *out?*
Out, ça veut dire « dépassé » en anglais, lâche
Brigitte. La couleur à la mode, c'est le noir.
Toutes les filles aiment le noir maintenant.

— Le noir, c'est branché, lance Béatrice durant la récréation.

— Le rose, c'est infect, clame Pauline en se balançant aux barres à grimper.

— Ouais, le rose, c'est nul! ajoute Sophia.

En rentrant de l'école, personne ne veut s'asseoir à côté de moi dans l'autobus.

— Le rose, c'est pour les bébés et les petites filles, raille Stéphanie. Nous ne sommes pas amies avec les bébés la-la-la-la-la-lèèèèère.

— Il n'y a pas que les bébés ou les petites filles qui aiment le rose, dis-je. La couleur rose, c'est pour tout le monde. Même mon frère aime le rose.

— Tiens donc! Un garçon qui aime le rose? Eh bien!

Tout le monde éclate de rire.

— Tu ne crois pas qu'il serait temps que tu passes à autre chose?

Après l'école, personne ne veut jouer à la princesse avec moi. Je vais dans ma chambre et je me mets à compter tous mes objets roses. J'ai un téléphone rose, un crayon rose, une tirelire rose, une culotte rose, un diadème rose et même un lapin géant rose. En tout, j'ai plus de cent objets roses. Le seul objet noir que j'ai, c'est une affreuse araignée en plastique, un restant de la dernière Halloween.

Je prends mon stylo rose et j'écris
dans mon journal rose :

Mardi

Je suis comme
je suis
et j'aime
le rose.

Les filles de l'école m'agacent toute la semaine.
Chaque jour, je me confie à mon journal. Puis je
pleure dans mon mouchoir rose.

Mercredi

Le rose
me rend joyeuse,
mais les filles
méchantes me
rendent triste.

Vendredi

Le rose,
c'est nul.

Jeudi

Le rose est
une couleur
pour
les solitaires.

Samedi, nous allons manger une crème glacée,
maman, papa, Pierre et moi, histoire de me
redonner le sourire.

— Que désires-tu, Rosélicieuse? me demande
M. Tourbillon. Un Méli-mélo magenta mangue et
menthe ou peut-être un Paradis pourpre aux
prunes et aux poires? La glace du jour est le
Parfait pimpant parfumé aux pommes.

— Non merci, dis-je. Je voudrais juste... euh...
un cornet à la vanille.

Je soupire et jette un coup d'œil
alentour pour voir si
quelqu'un de mon école
m'épie.

— Et toi, Pierre?
Je te prépare ton
Régafraise à la
rhubarbe rose,
comme d'habitude?

— Oui! Oui, merci! répond Pierre.

— Quel bébé tu es, Pierre! La crème glacée
rose, c'est pour les petites filles! dis-je.

— Tu ne manges pas ta crème glacée,
Rosélicieuse? me demande maman.

— Euh... à vrai dire, je n'ai pas faim.
Je trouve que la crème glacée est fade. Je suis
incapable de la manger.

— Rosélicieuse broie du noir, déclare papa quand je refuse de jouer au ping-pong avec lui, ce soir-là.

Je lui demande :

— Qu'est-ce que ça veut dire « broyer du noir »?

— Ça veut dire se sentir triste. Qu'est-ce qui te chagrine?

— Personne ne veut jouer avec moi parce que j'aime le rose. Toutes les filles aiment le noir maintenant et pas moi.

— Es-tu certaine que toutes les filles aiment le noir? Il y a peut-être d'autres enfants qui aiment le rose.

En colère, je m'écrie :

— Tout le monde déteste le rose! Tu n'y connais rien!

« Je suis la seule personne au monde à aimer le rose, me dis-je. Je suis toute seule. Personne ne me comprend. »

Lundi, je remarque une fille pendant le cours d'arts plastiques. Le tableau qu'elle peint est magnifique.

Je m'approche et lui demande :

— Qu'est-ce que tu peins?

— Un gâteau, mais le glaçage bleu ne me plaît pas. Je crois qu'il me faudrait du rose. Ce serait parfait.

— Vraiment? lui dis-je. Tu aimes le rose? Tu ne penses pas que le rose est pour les bébés?

— Non, le rose est parfait, répond-elle. Regarde bien. Tu vas comprendre...

Elle mélange la peinture rose à la peinture bleue et le glaçage devient lilas.

— Le rose, c'est fort, déclare-t-elle. Tu as vu comment il a changé le bleu en lilas?

— Oh! C'est joli, le lilas! dis-je...

Joli et... LILALICIEUX!